# LES GRENOU_____

## ANDREA W.-VON KÖNIGSLÖW    MICHAEL MARTCHENKO

Texte d'Andrea Wayne-von Königslöw

Illustrations de Michael Martchenko

Les éditions de la courte échelle inc.
5243, boul. Saint-Laurent
Montréal (Québec) H2T 1S4

Conception graphique: Derome design inc.

Dépôt légal, 3e trimestre 1994
Bibliothèque nationale du Québec

Édition originale: *Frogs*, HarperCollins Publishers Ltd
Traduction française: Raymonde Longval

**Données de catalogage avant publication (Canada)**

Von Königslöw, Andrea Wayne

   [Frogs. Français]

   Les grenouilles

   (Drôles d'histoires; 19)
   Traduction de: Frogs.

   ISBN: 2-89021-227-0

   I. Martchenko, Michael.  II. Titre.  III. Titre: Frogs. Français.
IV. Collection.

PS8593.056F714  1994      jC813'.54    C94-940793-3
PS9593.056F714  1994
PZ23.V66Gr  1994

Achevé d'imprimer
sur les presses de Litho Acme Inc.

## la courte échelle
### Les éditions de la courte échelle inc.

Camille adore les grenouilles. Elle aime aussi les pingouins, les tamanoirs et les hippopotames, mais c'est surtout les grenouilles qu'elle adore. De plus, il y en a plein dans l'étang derrière chez elle. Les hippopotames, eux, n'y viennent que très rarement.

Camille et sa petite soeur Gabrielle collectionnent les grenouilles. Elles les amènent à la maison et leur construisent de vrais châteaux tout entourés d'eau. Les grenouilles s'amusent et se régalent des mouches que leur offrent les deux soeurs.

À la fin de la journée, Camille et Gabrielle libèrent les grenouilles. Mais quelquefois, les filles ont la permission d'en garder une pour la nuit. Camille et Gabrielle, les chanceuses, ont une maman qui tolère les grenouilles dans la maison.

Un soir, la maman de Camille et de Gabrielle vient les embrasser et leur souhaiter une bonne nuit.

«Caresser grenouille, maman, caresser grenouille» dit alors Gabrielle.

«D'accord, répond sa maman, tu peux la caresser, mais seulement une minute.»

Gabrielle prend la grenouille et la caresse gentiment. Camille la caresse aussi et lui donne un gros baiser juste sur le dessus de la tête...

Ouusshh! Poouuff! La chambre se remplit de fumée. Lorsque la fumée se dissipe, un prince apparaît au beau milieu de la pièce. La maman de Camille et de Gabrielle n'en croit pas ses yeux.

Gabrielle dit: «Grosse grenouille, partie.»

Camille a déjà vu une chose semblable, elle l'a vue dans un conte que sa maman lui a lu un soir avant de s'endormir. Elle n'y avait pas tout à fait cru. Mais là, pas de doute possible, il y a un vrai prince qui se tient au beau milieu de sa chambre.

La maman se précipite au téléphone. Elle appelle ses amis, les voisins, les policiers et la station de pompiers.

«Prince, prince» répète Gabrielle.

Camille, elle, voudrait bien savoir comment retrouver sa grenouille.

Des gens arrivent aussitôt de partout pour voir le prince. Des journalistes de la radio et de la télévision demandent à la maman de Camille et de Gabrielle de leur raconter encore et encore son histoire de princes et de grenouilles.

Gabrielle donne aussi sa version des faits: «Gros, gros prince.»

Tout le monde veut voir l'étang d'où vient le prince. Quand Camille, Gabrielle et leur maman arrivent près de l'étang, il y a tellement de gens qu'il est difficile d'apercevoir l'eau. Le maire est là en compagnie des plombiers, des fabricants de pizzas, des artistes, des ingénieurs, des fermiers, des professeurs, des camionneurs, des savants et des producteurs de cinéma.

Bientôt, chacun attrape une grenouille et l'embrasse. Des princes surgissent de partout. Camille et Gabrielle s'emparent de six grenouilles et courent à la maison les mettre à l'abri.

Le lendemain, la ville est pleine de princes. Il y en a dans les automobiles et dans les magasins. Les gens doivent demeurer debout dans l'autobus, car les princes occupent tous les sièges. Les restaurants sont remplis de princes qui commandent des fromages puants et des plats de mouches.

Très vite, les princes deviennent encombrants. Ils se portent au secours des demoiselles en détresse, même si elles ne le sont pas. Ils insistent pour aider les gens à traverser la rue, même s'ils ne veulent pas traverser la rue. Et encore pire, ils disent aux gens quoi faire, même si ceux-ci savent très bien ce qu'ils ont à faire.

Pendant ce temps, Camille a remarqué que les princes ont parfois un comportement bizarre. En effet, lorsqu'ils croient être seuls, les princes se mettent à sauter et à attraper des mouches avec leur longue langue.

Camille et Gabrielle s'aperçoivent que, très souvent, les princes se rassemblent derrière la maison, tout près de l'étang. Ils regardent longuement les quenouilles et ils sautent quelquefois dans l'eau pour y plonger jusqu'au cou.

«Je crois qu'ils aimeraient bien redevenir des grenouilles» dit Camille.

«Grenouilles, toutes disparues» répond Gabrielle.

Camille a une idée. Elle court à la maison avec sa soeur, attrape les grenouilles qu'elles avaient sauvées et retourne à l'étang. Vingt princes se précipitent vers les grenouilles.

«Qu'elle est belle!» murmure un prince et il embrasse une des grenouilles juste sur le dessus de la tête...

Poouuff! Ça fonctionne. Un à un, les princes se mettent à ramasser les grenouilles et à les embrasser.

Un à un, les princes redeviennent des grenouilles et sautent dans l'eau. Bientôt les nénuphars de l'étang sont pleins de grenouilles. Camille et Gabrielle retournent à la maison.

«Où sont les princes?» demande leur maman lorsqu'elles entrent.

«Ils sont redevenus des grenouilles» répond Camille. Et sa maman se précipite de nouveau au téléphone.

Quelques années plus tard, Camille a trouvé un hippopotame près de l'étang. Elle a supplié sa maman et a pu le garder quelques semaines…

… mais jamais, au grand jamais, Camille ne l'a embrassé.